大正十二年九月一日

福島泰樹歌集

Yasuki Fukushima

皓星社

大正十二年九月一日＊目次

カバー図版＝関根正二「裸婦」より
（福島県立美術館蔵）
装幀＝間村俊一

序

大正十二年九月一日

母も叔父も叔母たちも小学校、中学校の先生も皆、大正生まれだった、ことなどが思い出される。父も母も叔父も叔母も関東大震災の幼い被災死者であった。……夏休み明けのこの日はねえ、むし暑くって土曜日。半ドンって知ってるかい、ヤスキ……。叔母の遠い声が聴こえる。

大正十二年九月一日、午前十一時五十八分、関東地方に大地震（マグニチュード 七・九）が発生。各所で火災発生、死者行方不明者は十数万人に及んだ。人家密集する東京下町の、わけても本所被服廠跡地での惨状……。被服廠から吾妻橋に逃れた人々は橋と共に焼け死に、隅田川での死者も夥しかったと、聴く。川面を激しく火が走ったのである。

ヤスキ、お前のお母さんはねえ、また叔母の声が聴こえる。

吾妻橋の袂、雷門にほどちかい浅草區花川戸で生まれた母は、この時六歳であった。逃げ惑う大群衆の中、家族とはぐれてしまうのである。母が家族と再会したのは、五十万人もの罹災者でごったがえす上野の山でのことであった。迷子になってから実に一週間が経過していた。この間、水や食料を分け与え、添い寝をしてくれた人がいたのであろう。下町の人々の温情が心に沁みる。以後、浅草尋常小学校から府立第一高等女学校に進み、昭和十六年一月、父と結婚。十八年三月、御徒町のガード沿いの病院で私を生み、翌十九年三月、私を生んだ同じベッドで死んでいった。二十六歳であった。
この間、母の頭上を山東出兵、昭和恐慌、満州事変、上海事変、二・二六事件、盧溝橋事件、国家総動員法、太平洋戦争と時代の嵐は吹き荒れていった。関東大震災から山東出兵までわずかに三年八ヶ月、デモクラシーの萌芽は大震災を機に一気に摘み取られてゆくのである。

1

本年九月一日、日本の近現代史に決定的影響を与えた関東大震災発生から百年を迎える。少しくその前史をお浚いしておこう。

米ヨコセ娘ヲカエセ田ヲ家ヲ黒ク渦巻キ流レユキニキ

明治三十八（一九〇五）年、日露戦争勝利によって朝鮮半島の権益を確保した日本は、その併合を強要。明治四十三（一九一〇）年八月に調印された「韓国併合条約」には、韓国の統治権を完全かつ永久に日本に譲渡することなどが規定され、以後韓国を改め朝鮮と称し、朝鮮総督府を置き支配を強めてゆく。

水平社創立の朝、朝鮮総督府に日の丸は黒くはためく

大正三（一九一四）年七月、第一次世界大戦が没発、ロシア、フランスに次いで参戦した日本はドイツの租借地青島を攻略、中国に対する権益を拡大してゆく。国内においては、ようやく護憲運動が庶民の支持を得、全国的に広がりをみせてゆく。一方、軍備の拡張にともない軍部の政治介入が顕著となり、内閣は頻繁に総辞職を繰り返した。

第一次世界大戦は、経済界に一時的好況を与え、成金を生み、財閥を太らせた。が、物価の高騰を生み、庶民生活は圧迫された。大正七年七月富山県魚津に米騒動発生、たちまち全国へと波及。米価の高騰に苦しむ大衆が、米の廉売を要求し、米屋、富豪、警察などを襲撃。労働者・農民を主力とする未曽有の大民衆暴動に発展した。しかし政府は経済的政策を計ることなく、軍隊をもってこれを鎮圧した。

逃れゆくアジトあらねば脱ぎ捨てしルパシカ、「蒼ざめた馬」走り来よ

そうした時代背景の中、日露戦争下の非戦論、大逆事件を経た社会主義運動は、ロシア革命

（一九一七　大正六年）に刺激され冬の時代を撥ね除けるように活発化し、その組織化は急激に進んでいった。大正九年には、普選要求運動が広がりをみせ、五月には日本初のメーデーが上野公園で開催され、十二月には、大杉栄、堺利彦によって日本社会主義同盟が結成された。これに対して危機感を抱いた支配体制は、次第に態勢を整え官憲を駆使、社会主義労働運動への苛酷な弾圧を強めてゆくのである。

三河島火葬場までを革命歌うたいてゆけば涙溢れき

警察協力団体として在郷軍人会、消防組、青年団など中心にした自警団が組織されたのも、この年であった。大正十一年には日本農民組合が結成され、地主の搾取に喘ぐ小作農たちによる大争議が頻発。この年、日本共産党（非合法）が結成され、コミンテルン大会で承認された。

ところで日本の朝鮮統治によって最も深刻な打撃を受けたのは、朝鮮の農民たちであった。総督府は土地所有権をめぐり、農民を零細の小作農に転落させた。第一次世界大戦以後、貧窮に耐えかねた農民は、日本内地へ流入をはかり、朝鮮人労働者の増加が顕著になってゆく。が、日本の雇用者たちは、彼らを冷遇、虐待した。

踊る人伏して泣く人孕む人　市場あふれて朝鮮は冬

大正十一年七月には、水力発電所建設現場で十数人の朝鮮人労働者の虐殺死体が、信濃川に投げ捨てられる事件が発生。十二月、朝鮮労働者同盟会が結成された。この朝鮮人労働者と無政府主義者の提携は、日本の支配階級に衝撃を与え、政府は運動の進展を恐れ弾圧を強化、軍部も国家形態を破壊するものとして敵視した。関東大震災戒厳令下の社会主義者及び朝鮮人虐殺の濫觴である。

さようなら縛られてゆく棺桶の　大八車の遠ざかりゆく

大正デモクラシーを概括するなら、明治以来追い求めていた「憲政擁護」運動に始まる「近代」が、人々の行動の軸としての広がりをみせ、「市民」「大衆」「普選」といった言葉が市民権を獲得するに到ったのである。それは吉野作造の民本主義を生み、自由主義・社会主義の思想を昂揚させ、従来の思想、制度の改革が試みられるに到った。それらが文化、芸術、風俗に及んだことはいうまでもない。

ボヘミアンネクタイをして佇っているアヴァンギャルドの顔をしていた

関東大震災は、このような時に起こり、こうした時代の流れを一気に逆流させてしまったのである。

2

夏休み明けのこの日は、東京市内では朝から雨交じりの強い風が吹いていたが、十時頃にはやみ、動きの速い雲の切れ目から、残暑の厳しい日射しが、照り続けていた。二学期の始業式を終えた小学生たちが帰宅し、家では竈や七輪に火を熾し昼食の仕度に余念が無かった。十一時五十八分、突如として関東地方に大地震が発生したのである。

大逆罪震災虐殺白色の　巨悪のテロは常裁かれず

震源地相模湾に激震地の災害は凄まじく、神奈川県下の家屋倒壊数は十万戸近くにのぼり、津浪流失家屋は四百二十五戸に達した。東京市では、地震発生と同時に火災が発生、九月三日午前六時まで燃え続け、東京市の四十三・五パーセントを焼き払った。日本橋區は全焼。浅草區、本所區はほぼ全焼。京橋區は八十九パーセント、深川區は八十七パーセントが灰燼に帰した。東京市の全焼戸数は、三十四万戸、死者行方不明者はほぼ七万人、横浜市では全戸数の七割ちかくが全焼、死者は二万四千名に達した。

延焼の原因は、避難者が持ち運ぶ荷物にあった。路上は、大八車に満載した家財、人々が背負う荷物で溢れ、火の粉は容赦なく、家財、荷物、人々の着衣に襲いかかった。


路上電車も台車を残すのみとなり鉄路くびれてその先みえず

最も多くの焼死者を出したのが本所區横綱町、被服廠跡地であった。前年、陸軍省から逓信省、東京市に払い下げられた敷地は実に二万五千坪、オリンピックプール六十六もの施設が、すっぽり入る広さだ。火災発生から時を経ず本所、深川、浅草方面から、難を逃れる人々の荷物で被服廠跡地は、たちまちのうちに埋め尽くされた。

と同時に四方から火焔が上がった。焦げるように炎える太陽の下、大火災は烈風を呼び、大旋風を巻き起こした。トタンや蒲団、家財、大八車、馬、軽々と人を巻き上げた。「家財を持って逃げるな」の、安政大地震、江戸大火の教訓は生かされることはなかった。実に三万八千人もの人々が跡地に、折り重なって死んでいったのである。

この際だから赦されるのだ鳶、鴉「流言蜚語」の血の匂いする

このようなさなか、横浜で「朝鮮人放火」の流言が発生、流言は恐怖を呼び朝鮮人「強盗」「強姦」「殺人」「井戸に毒薬を」「爆弾を抛擲」「大挙して掠奪」「来襲」の報として飛び交い、二日には東京市内から千葉、埼玉、群馬、茨城の各県に及んだ。

一方、大地震発生直後から各町村では、消防組、在郷軍人会、青年団等が罹災民の炊出し、救護所の設営など 救援事業につとめていた。しかし、朝鮮人来襲の流言が広がると、その性格は一変、自警団として一般男子を巻き込み続々として組織されていった。日本刀、猟銃、拳銃など法で禁じられている凶器の他、鳶口、竹槍、金棒、棍棒などで武装、各所で検問に当たるようになった。その数は東京府内だけでも千百四十五箇所にのぼった。

船橋海軍無線送信所発信ノ「フテイ鮮人ライシュウ」ノ報

この混乱に拍車をかけたのが、壊滅を免れた海軍省船橋送信所から発せられた朝鮮人来襲の電文。そして倒壊延焼を免れた各地の新聞社の報道であった。横浜市内から湧き上がった朝鮮人襲来の流言

は、軍と官憲、政府機関、更には唯一の報道機関である新聞によって、事実と断定され全国へ伝えられていったのである。

結果、六千人以上の朝鮮人七百人の中国人が軍隊、警察、そして多く、自警団、群衆の手によって虐殺されたのである。

空も焦げ血のりとなって地を覆う帝都壊滅　戒厳令下

一方、軍当局は、地震発生直後の午後一時十分、非常警戒令を発令。警視庁はかねてから危険視していた社会主義者無政府主義者などの保護検束に乗り出した。九月二日、東京市他、荏原、豊多摩、北豊島、南足立、南葛飾の五郡に戒厳令発布。この間、第二次山本内閣が成立。翌三日、関東戒厳司令部条例が公布され、戒厳司令官に陸軍大将福田雅太郎が就任。東京府、神奈川県に戒厳令が布かれる。

九月三日、南葛飾郡亀戸町で被災者救援活動をしていた労働運動家・平沢計七、平沢の純労働者組合員・中筋宇八、南葛労働組合長・川合義虎ら十名は、亀戸警察署に検束され、同夜から四日未明にかけて、多数の朝鮮人と共に、近衛師団習志野騎兵十三連隊兵士らによって、刺殺された。

南葛飾郡亀戸町に吹く風はなまぬるく吹く哭きながら吹く

3

第一次世界大戦で好景気を誇った日本資本主義は、大正七年の米騒動で矛盾を暴露し、大正九年の戦後恐慌で行きづまり、激発する労働争議と小作争議に悩まされ、ロシア革命に刺激された社会主義運動に恐怖を覚えた。朝鮮人、労働運動家、無政府主義者の虐殺は、世界大戦以来たかまりつつあった階級闘争に対する支配者層・軍部・官僚の最も露骨な危機意識の現れであった。民衆がこれに加担したのは、朝鮮人への差別意識の後ろ暗い恐怖感であった。

そして、十六日には無政府主義者の巨頭大杉栄が、伊藤野枝と共に憲兵大尉甘粕正彦らの手によって扼殺されるのである。大杉の甥、橘宗一はいまだ六歳であった。

古井戸に投げ捨てられた宗一の小さな首よあわれな首よ

大正十四年、政府は治安維持法を制定。国体変革、私有財産制の否定の運動に呵責ない弾圧を加えた。関東大震災は、人々の意識にさまざまの変容をもたらせた。デモクラシーの嵐吹きまくる中、薩長以来の軍閥と非難され、無用の長物とみなされていた軍隊が、国民に一目置かれる機会を得たのである。関東大震災からわずかに三年八ヶ月、山東出兵はなされ、私達の父、母、祖父、祖母たちは戦争の時代を迎えるのである。

金竜館の角を曲がって帰らざる濛々として霧は渦巻く

本年九月一日、私たちは関東大震災発生百年を迎える。

序歌

アンナ・バヴロワ「瀕死の白鳥」真似て舞う大杉魔子や六歳の秋

大正をしぶく疾風霧時雨　佩剣の音の熄まざりしかば

二月十三日、大杉栄マルセイユ到着

地の涯へゆこうとつねに民衆と歩まんパリ潜入の夜

五月一日、メーデーで演説、逮捕される

煉瓦屛の上に顔出すマロニエの若葉よ監獄ラ・サンテの朝

六月三日、大杉栄国外追放、マルセイユを出航

唇をあかくうごかし泣いていた別れというはいつも切なく

六月八日、中浜哲、有島武郎邸を訪問

自ら無産の一平民にならんとす孰《いず》れ「カインの末裔」なれど

一九二三年、軽井沢「浄月庵」に六月の雨

柳原白蓮燁子あきあかね　波多野秋子や鶏頭の花

恐らく、私達の屍は腐乱して発見されるだろう……有島武郎

惜しみなく愛は奪うか　ぽとぽとと滴り落ちるは雨粒ならず

七月十一日大杉栄、神戸港着

七月二十八日銀座カフェー・パウリスタ帰国歓迎　黒い影らが

八月九日、長男ネストル生まれる

無政府将軍ネストル・マフノ執筆の感極まりて命名をする

九月一日午前十一時五十八分、関東大震災発生

空も焦げ血のりとなって地を覆う帝都壊滅　戒厳令下

大川の水は湯となり　鳶口の鈍くひかりて人のからだを

累々と浮かびて沈みながれゆく炎に追われ逃げし人々

南葛飾郡亀戸町に吹く風はなまぬるく吹く哭きながら吹く
刺殺せしも刺殺されしもうら若き　中庭に濃き影縺れ合う

雪ふかき小千谷で生まれ窮民を救うと起ちて虐殺されき
大川の土手の上より飛来してホロコーストと啼いて過ぎにき

九月十六日、大杉栄、伊藤野枝、憲兵隊本部へ連行される

忍び足でやってくるもの秋ならず曇り日の空みえざるなにも

古井戸に投げ捨てられた宗一の小さな首よあわれな首よ

麹町区平河町の古井戸に投げ捨てられて秋とはなれり

伊藤野枝の夫だった辻潤は……

長男まこと思えば代わりに殺されし橘宗一ちいさな首よ

永井荷風は……

煤煙の漂う見れば江東の江戸の文化の烟となりぬ

十一月十日中浜哲、大杉栄追悼詩を書く

「杉よ！　眼の男よ！」骸骨撫でてやる髑髏の口に酒注いでやる

十二月二十七日虎ノ門、大逆事件発生

「革命万歳！」歓呼をあげ駆けてゆく難波大助二十四歳

壱

本郷片町の歌

昂然と顔つき上げて立っていた赤旗風に震えいる午後

亡命の貴族やあわれロシアパン車を曳いて立ち去りにけり

I

カフェーの支払いまでも角袖《デカ》にさせ大杉栄の濃き影がゆく

人は死ぬだがいま生きている絶対の　この真実を拡充をせよ

伊藤野枝、エマ・ゴールドマン『婦人解放の悲劇』翻訳刊行

女は法的無能力者よ家父長の制度　汚れた久留米絣よ

羽毛ほどの賃金を得るためなるよ霰まじりの雨が窓打つ

そのいのち貞操さえも弄《あそ》ばれて晒されてまた寄る辺なき身は

人差しの指もて人を指すことの人刺すことの鶏頭の花

II

日蔭茶屋事件の後、宮嶋資夫は

番傘で殴りつけてやる伊藤野枝、辻を裏切り子を捨てしゆえ

働けど働けどなお大正も然り、あくなき搾取のゆえよ

煎餅のように均され焙られて声を潜めて生きよというのか

じわじわと殺されるより爆発の中に歓喜をアナーキズムの

主義のため否や食うため棒手振《ぼてふり》の声を嗄らして魚担ぎゆく

III

和田久太郎ら三河島に、渡辺政太郎を送る

袢纏一枚伊達に羽織って紅い布、棹に翳して先頭をゆく

痺れるように溺れるように書いてやるデカダン大正七年の春

佐藤春夫「田園の憂鬱」を発表

アナーキストボヘミアン的アウト・ロウ無為と怠惰の憂鬱の詩《うた》

大正八年、竹久夢二本郷菊坂ホテル寄宿

黄八丈の裾はみだれてほんにまあ夢みるような眼差である

太古より来たりて久遠に帰りゆく蕭条として吹きゆく風か

さくらばなみぞに溜まりてながれゆく吹雪きてやまぬわかきいのちは

本郷白山上書店「南天堂」階上カフェー

アナキストニヒリストはたダダイスト狂乱喧噪酒場ではある

ボヘミアンネクタイをして佇っていた萩原恭次郎白いリンネル

詩とは爆弾、ならば詩人は牢獄に爆弾投じる黒き犯人

「帝国の安寧秩序を紊《みだ》す」の理由で国外追放
金髪を風に靡かせやって来い盲目の詩人ワシリー・エロシェンコ何処《いずこ》

大衆になりきれない官能の　あまきうなじと歌いしからに

Ⅳ

大正十一年一月

立命館の角を曲がって帰らざる久板卯之助雪中に果つ

神を捨て革命をとぞ走りしが監獄、天城雪中のうた

紊乱《びんらん》ならざるものなどあるな赤い艶歌師　添田唖蟬坊でないか風吹け

朴烈、中浜哲の感想を

カーキ色の服を着てたっけ鍔の下、自愛に充ちた眼をしてたっけ

骨箱をぎっしり積んで疾走する闇の機罐車、大正は夢

直角に右に曲がって帰らざる夢のごときを革命という

大正十二年九月十六日

囓らずに手に大切にもっていた宗一、赤い林檎やいかに

「労働運動社」村木源次郎、復讐を誓う

六尺の晒一本、一振りの短刀紋付覚悟を問わば

肺病の花を咲かせて散ってやる風の激しい寒い闇の夜

V

俺のために涙を流してくれたのは淫売　あわれ紡績の歌

和田久太郎に十二階下の女がいた

あわれ迷路も灰燼に帰しうたた寝の　床の間の首ふいている夢

電信柱に隠れてそっと手を合わすおんなの影を踏むな巡邏よ

浅草の十二階下のあわれさや梅毒を病み死んでゆきにき

伝法で情にはもろく巻き舌で話す　口調の忘れがたかり

大正十三年九月一日、本郷三丁目「燕楽軒」前……

関東戒厳司令長官福田某　九死寸前追いこみしかど

和田久太郎、狙撃失敗

だるまさんのように転んで起き上がる涙を流し嘲笑うため

一本の手拭あらば紐に撚り　人は死んではならないのかえ
人は死んだら帰って来ないはずなのに心に映り笑いさえする

こころとは白い砂漠かそうでない月のひかりに揺れる水だろ

和田久太郎死刑判決喜びて死灰の処分まで書き連ねたり

Ⅵ

「エアー・シップ」の空罐に籠めた復讐の　不発となりて本郷の空

府下東京荏原蛇窪の隠れ家の　無色油状の液体である

村木源次郎、古田大次郎逮捕される

右手首捕縄《とりなわ》で縛りあげられて霙の中を連れ去られゆく

和田久太郎、村木の臨終に立ち合う

地獄で待っていてくれ村木、苦しむな拳固で眼擦りつつ言う

村木源次郎後藤謙太郎　獄庭の菜の花に来よ春の紋白

Ⅶ

もろもろの悩みも消ゆる雪の風　和田久太郎辞世

中天に宙返りして墜ちてゆくいかのぼり獄舎の窓より眺む

大道寺将司句集『残の月』

和田久太郎遺稿に記す「残の月」志の血脈というを思いき

鉄格子の彼方に揺れる向日葵の真っ直ぐ立てよと焦げて思えり

宣言も綱領もなく部署さえも制度を嫌い起ちし者たち

源次郎大次郎哲久太郎、もう誰もいない……

弐

風狂の歌

赤貧を洗い赤貧干していた大正という時代の子等は

省線の遠音とともに潰えゆく憶い出なれば人に語らず

I

一糸乱れぬ精緻の線を引いていたずぶ濡れ槐多　純情の歌

髑髏《しやりこうべ》描きし紙の海賊帽　ブリキの喇叭吹きながらゆく

誰よりも真っ赤な俺の血の袋　肺病ならば滴らすのみ

手に負えぬ「魔羅」を抱えて自爆への道を歩んでゆく地獄道

大正八年二月、村山槐多二十二歳

髑髏《どくろ》描いた黒い帽子よちびた下駄　ブリキの喇叭吹き鳴らしつつ

発狂画家と呼ばれ死ぬとも氷柱を呑みこむような醒めた目は持つ

大正八年六月、関根正、二十歳

スペイン風邪が引鉄となり「慰められつゝ悩む」署名も果たさざりけり

死はむしろ心に咲いた花々を　神韻縹渺泣きながら描く

Ⅱ

大正九年、長谷川利行上京

とおざかりゆく雪の駅舎のあわれあわれカンテラあかく瞼を濡らす

生国は京都山科母の名は路地吹く朝の風に聞くべし

山谷堀の黒い流れが逆巻いて投げたる花をのみこみにけり

風は路次を翻し吹く砂町の　洗い晒しの銘仙の裾

東京市下谷區上野谷中坂「彩美堂」にて待つとありにき

刹那刹那を蕩尽し且つ飲み尽くせ頭の底を陽は昇りゆく

Ⅲ

画架《イーゼル》を突っ立ててやる描いてやるカフェ・パウリスタ駿河台下

大正十二年九月

泪橋紅葉館もすでになく廃墟の空の夕焼である

真っ黒な蝙蝠傘をさして立つ女がありきこの日盛りを

千住火力発電所下の陋巷にお化け煙突突っ立っていよ

聳え立つ巨大煙突、鋼鉄のこの甘美なる造型物は

常磐線鉄橋なども血の色で染め上げてやる墨田の川も

捨てられた馬糞紙煙草の空箱も描けるものならなんにでも書く

長谷川利行に「火岸」なる震災詠がある

炎天やわが影轢くな罹災者の　死灰を積んだ函車押す

フランシスコ派の聖徒さながら荒縄を腰に縛って影踏んでゆく

夢遊病者のように歩けば目の前に蒼いタンクのそそり立つ見ゆ

絞るだけ絞りだされて捨てられた絵具チューブのような顔して

Ⅳ

日暮里の祈禱所の離れ座敷、テントを張って……

天幕を張るは雨滴をふせぐため貧寺にあれどアトリエである

新聞紙布屑あわれ切れっ端　一夜の夢を貪らんとす

伝聞の中に暮しておりしゆえ一所不住の　その日暮しよ

大正十三年となつた……

泪橋紅葉館や木賃宿、茶碗酒《もっきり》真っ赤な夕焼である

路地裏を吹く風のようには転がれず悄然として突っ立っていた

千住火力発電所、お化け煙突

晩春のほのおのような落日に黒く聳えて煙突は立つ

蝙蝠傘の骨のように痩せたるをお化け煙突妖しく立ちぬ

椿の花の色にたとえし唇の　愛おしければ灯を点しゆく

三河島のサーカスはては蚤の市　真っ赤な嘘のような日輪

V

泥だらけの足を引きずり救世軍宿舎を出でて帰らざりけり

消毒薬の匂い漂う病棟の暗い廊下を歩いていった

アールヌーボー、アールデコの影響をもろに受けた奴あわれと思う

長谷川利行四十九歳クレゾールの烈しい匂い澱みて消えず

楊柳は風に漂い池畔には屋台が軒を連ねておった

「月映《つくはえ》」の歌

黒いマントに包んだ骨を先頭に無雲の天のその下をゆく

I

恩地孝四郎藤森静雄田中恭吉「微笑派三人」など名告りしを

大正二年五月、田中恭吉回覧雑誌「密室」創刊

不忍池花園町の一郭にものうく射しこむ朝の陽である

リンネルの背広姿や吹く風のかなしくあらば目を閉じてやる

ビアズレのような手をしてやわらかくまた繊細に震え彫りゆく

大正二年六月二十日、香山小鳥死去二十二歳

霧の彼方へ渦巻きやがて消えてゆく紅さむきトルコ帽はや

死にふるえ脅かされつうち沈む滅びゆくべし　火群立ちせよ

美しき憶い漲り肺を刻み心臓を彫り死んでゆきにき

Ⅱ

田中恭吉、藤森静雄、恩地孝四郎、木版画集「月映《つくはえ》」第一輯刊

自画自刻自摺《ジショウ》ヲモッテ創作ノ基本トスベキワレラ版画ハ

版画とは版下絵にて候えば複製印刷物にはあらずよ燕

ただわかく切なくつらき憂もんの震えるのみの仲間であった

遊牧の民にあらねど荷車に画架など積んで引越をする

ほそながい指を器用にうごかして「夜の支配者の微笑」彫りゆく

メリヤスのズボンを佩いて紺絣羽織はおって佇っていたっけ

Ⅲ

大正三年四月、田中恭吉、結核治療のため和歌山へ帰郷

迫り来る死魔の足音おそれつつ黒い帽子は置いて帰郷す

バスケット一挺抱え飄然と夜汽車に乗って帰って行った

八月、恭吉三度目の喀血

くろぐろとぬりつぶされて喘ぎおるは希望という名のふかき悲しみ

流れゆく雲より迅く進みゆく　黒いいのちというを知りにき

わが肺に似た病葉《わくらば》と思うかな軒下を舞い落ちてゆきにき

九月、詩画集「月映」洛陽堂より創刊

蓑虫の構図を問わば死と生の往還ならず悲しわが「性」

劇薬を包む用紙に描かれし赤いインキの線画かなしも

胸に釘を打つ音なるか生命の苦喚、歓喜の手拍子なるか

絶望の嗟嘆、性欲の啜り泣き、春くる前に死んでいる俺

センチメンタリズムの極致！　血のような夕日を浴びてぼくの草履は

Ⅳ

大正四年十月、田中恭吉死去……二十三歳

憂悶に身を顫わせて悩ましく生血のような夕陽浴びつつ

咽ぶようにわななくように描いていた息絶えし朝、三日前まで

恩地孝四郎田中恭吉「月に吠え」よ、聚り散じてゆきしものたち

古ぼけたトタンの屋根の暗い家　亡友未知草君を偲べば

ですぺらの歌

厭世の涯に坊主になったのだ　焼跡に啾々とし哭声はみつ

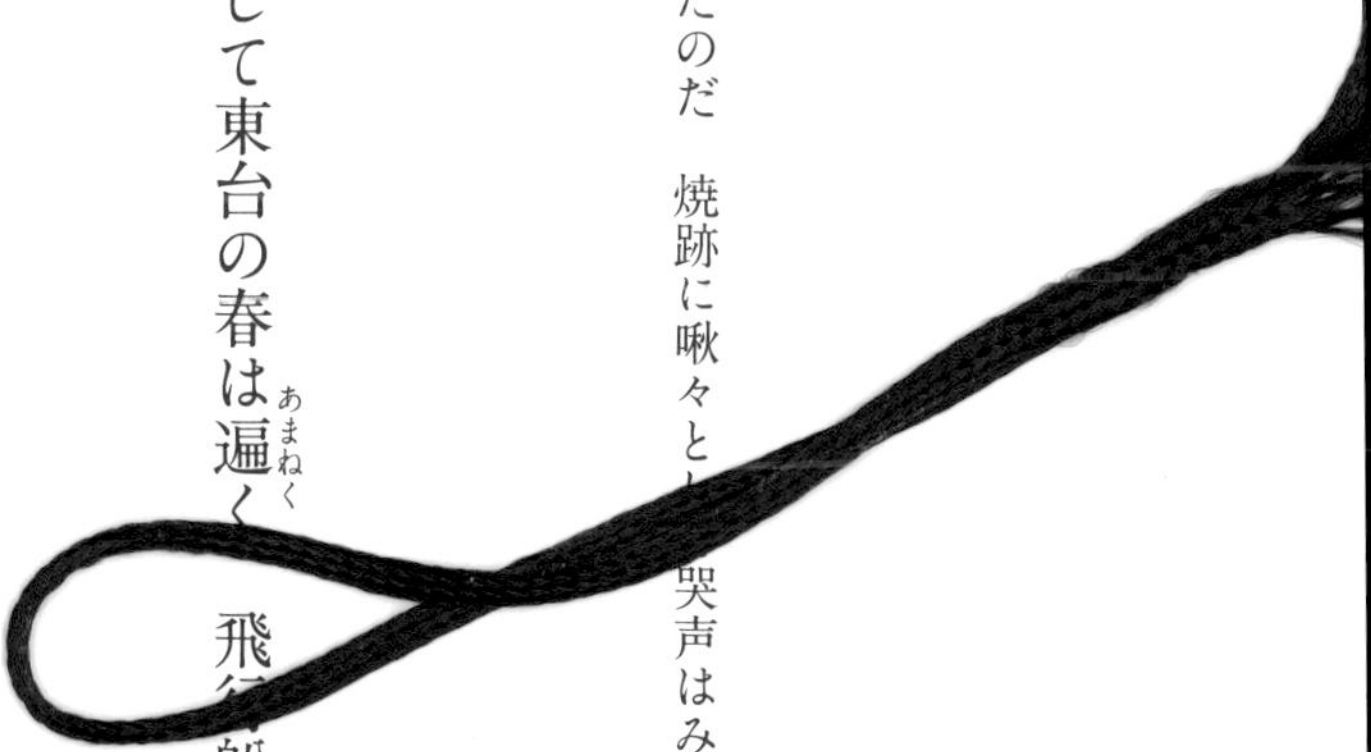

桜花まさに咲《わら》わんとして東台の春は遍《あまね》く　飛行船ゆく

大正三年、大正博覧会　上野台不忍池で開催される

ミニチュアの文化住宅赤い屋根　庶民の春の涙ぐましも

東京は浅草蔵前札差の名家に生まれ傾きにけり

ヴァイオリン弾きとやなりて紅灯の巷をゆけば涙あふれき

どしゃ降りの雨に漂う赤い靴　野口雨情に降る雨もある

あわく切ない記憶の彼方に漂うは池畔に揺れる楊柳である

Ⅱ

大正五年四月、辻潤妻伊藤野枝、次男流二を連れて家出

野枝出奔流二は何処《いずこ》　御宿の漁師の家に貰われゆきぬ

野枝さんは鮮烈美事な成長をしてわがもとを去ってゆきにき

女学校の若き英語教師たる時代がありき可笑しくもある

そのようなまこと信じて珈琲の粗挽き　ばかな私であった

日蔭茶屋事件のことの後先の火種ならねばなにも語らず

大正九年五月辻潤、スチルネル訳書『唯一者とその所有』を出版

一管の尺八たずさえ緇衣《しえ》纏い唯一者なれば飄然とゆく

風流外道陀仙低人惰眠洞　虚無は主義にはあらねば可笑し

熱狂と叫喚の底に緩慢な虚無を湛えて流れゆきにき

飲酒はもっとも巧妙にして緩慢な　自殺であれば日暮を待たず

アナキストにあらずよ然らばニヒリスト　主義名称は土手の柳よ

実在と非在のあわいどこにあるどうしようもなく哀れでないか

顔洗い尺八を吹き飯を食う日常すなわち浪曼である

Ⅲ

大正十二年九月大阪。大杉栄、伊藤野枝、橘宗一虐殺の報に接す

虐殺された野枝については語らねど九月紅蓮の火は瞼灼く

まこと君は無事であったが野枝さんは絞殺の末投げ棄てられき

東京府下蒲田の裏長屋に居住

蒲田松竹撮影所裏長屋なれど「カマタホテル」と誰かは言いき

以後、転々……

がらんどうの伽藍であればやむをえず番傘をさし雨滴を防ぐ

マックス・スチルネル「自我経」高雅な翻訳を宿痾のように身に宿しつつ

芸術は模倣であればせめてはや感覚だけでも敬虔であれ

Ⅳ

ポエジーは哀しき午后の異邦人　唐突にして顕れ消えぬ

宮沢賢治詩集『春と修羅』の最初の批評者は辻潤

年齢もその出身も知らぬまま詩集紐解くその春と修羅

なにをしている人なのか　俺という現象として宇宙に在るは

存在と非在を問わばば瞬いて青く漂い消えてゆきにき

青空いっぱいに羽を拡げる壮麗な　孔雀おもいて目を瞑りけり

東北のそら怖ろしい訛りとも夜を無声の慟哭の歌

霧とマッチをはじめて書きしは北上の宮沢賢治　修司にあらず

頭陀袋首にひっかけよれよれの単衣を風になびかせてゆく

参

出郷の歌

夜空にはハレー彗星　地上には大逆の風吹き荒れていた

芙美子稲子信子たい子と数えあげ出郷さむき少女らの歌

I

支那竹を箸でつまめばチャーシューの汁に溺れて沈みゆきにし

佐多稲子は、幼くして浅草で働いていた

支那ソバ屋の便所にしゃがみべそをかく十一歳の赤い頬っぺた

長崎の小学校の先生の手紙を濡らすむねの小雨か

キャラメル工場に働きにゆく屈まりて墁を洗えば涙零れき

「女の浅草」と哀訴をせしは元無政府主義者山口孤剣でないか玉散る

少女らの歌は聴こえず浅草の興行街に降りしきる雨

II

大正三年大杉栄、伊藤野枝訳書『婦人解放の悲劇』を論評

女という歴史の無知に育てられいながら若き明晰の花

僅かなる賃金を得んためならん　霰まじりの雨が窓打つ

十三四、文字を覚えしその頃に「賃銀の原」に売られ行きにし

そのいのち貞操さえも弄《あそ》ばれて晒されてまた寄る辺なき身は
労働の機械となるな逸楽の機械となるな淑女諸君よ

Ⅲ

大正七年四月、平林たい子、諏訪高等女学校に入学

「ジェルミナール」ゾラを読みしは十五歳、主義に生きよと思い初めしも

主義に身を投じた人よヴナロード！　肺病みて尚、啄木の歌

大正十一年、諏訪高等女学校を卒業

ゴンチャロフ「断崖」ゾラ「ジェルミナール」読みしばかりに故郷《ふるさと》は棄つ

吊革にぶら下がって眠ってた夜学よ「乙女の祈り」などわれ聴かず

耳かくしに結って質素なメリンスを肩にかければ雲流れゆく

生きるとは人を見棄てることとなるかまた一人ゆく浅草は雪

その無惨な傷から溢れ流れ出た「砂漠の花」は血の花である

Ⅳ

赤い襦袢のような筒袖引っかけて女だてらに「リャク」にゆく朝

大正十二年九月、市ヶ谷刑務所に予防検束

肉体はあわれ牢《ひとや》の鉄格子　切ないこころを取り囲みたり

帝都追放

真っ黒な煙を上げてゆく船の釜関連絡　朝鮮の春

泣きそうな顔をして歩いてた下関は雨、吹き降りの雨

V

大正十三年一月平林たい子、大連に渡る

運河から引き摺り揚げた一本の丸太でないかいまのわたしは

血を吸ったまるで蚊のよう産み月の腹を抱えて突っ立っていた

救世軍の社会鍋さえうとましく錆びたベッドの上で目醒める

貧民のための施療病院に入院

施療病院の鉄のベッドで生んでやる私生児、十九の春闌けてゆく

『砂漠の花』 平林たい子

不運な男の伴《っ》れにならないために着る孔雀の柄の青い銘仙

監獄で吹く口笛は胎内でほほえむ吾子に聴かせやるため

函の蓋開ければ小粋な瓶の帯「ヱスビー・カレー」なにをほざくな

さらさらとわが瞳孔を零れ落つ涙、砂鉄となりし日の歌

金子ふみ子の歌

縊られし者らが立てる音なるか歯軋《はぎしり》なるか闇に消えゆく

花吹雪花は散れども開け放つギロチン窓に陽は零れ来る

I

東京監獄女監舎に降る雪の歌いてゆかな「死出の道艸」

蝙蝠が飛び交っている夕暮の空　黙ふかく獄窓に見る

大正十二年九月三日、朴烈、金子文子、世田谷署に検束

資本主義、人の血を吸うこうもりの旋回しつつ暮れてゆく空

天皇の赤子であるに飢えに泣き死んでゆくのはなぜかと問いき

神聖にして侵さざるべき人なるか無籍の者としてわれは生れき

袂《たもと》には苦学時代の俤《おもかげ》がチキンライスの匂いさえして

虚無思想無政府主義を抱《いだ》くゆえ不逞と呼ばれし者たちである

ことごとく抹殺をされ明るみにいでたる歌の百首余りは

獄庭に咲くつつじ花、ギロチンに斃れた友の赤いまなざし

Ⅱ

出生地神奈川県横浜市町名番地悉皆不詳

父そして母に捨てられ赤貧の　猿ぐつわされただ震えてた

縛られて川っぷちの木の枝に吊されしこと一二度《いちにど》ならず

枕元の花かんざしは幼くて花まち芸者屋　売られゆくため

母は姉、父は義兄よ　からくりの猥雑きわまりなき戸籍簿の

身勝手な肉親どもに愚弄され啼いておうしんつくつくはせず

大正三年、朝鮮忠清北道芙江の祖母の家に貰われて行く

父母《ちちはは》の叔母祖母たちの食いものにされて九歳、朝鮮は冬

小学校にも行かせてもらえぬひもじさの洗濯をして着た切り雀

家の中ではランプが灯り閉め出され腹を空かして夜のフクロウ

淵の水は油のようにねっとりと十五のわたしの顔映してた

朝鮮人の虐げられた境遇をわが身のことと思い初めしよ

大正九年春、母の郷里山梨へ帰される

粉石鹸の夜店ひらけば立つ泡の　活字拾いの春闌けてゆく

新聞を売りつつ鈴を振っていた居眠りしつつなお振っていた

新聞を売って路傍に佇みし少女は獄に繋がれ可笑《おか》し

黒い糸縫いつけられて舞う凧の　巷さすらう友の背も凧

天帝は見て下さっているのです貧民窟に向日葵は咲く

復讐を希望に代えて生きてやる骨の髄まで無産者の身は

管野スガ二十九歳　中庭に白い蕾のただ顫えてた

貧しさは社会機構のゆえなるといたけなき身の本より学ぶ

Ⅲ

「何が私をかうさせたか」実感の震えるごときを思想とはいう

ブルジョワのツツジの花の赤いのはプロレタリアの血を吸いしゆえ

大正十五年七月文子、栃木刑務所で縊死

縊られて果てし人らの魂か真っ赤に咲いて落下しゆくよ

慶尚北道朴烈先祖の墓に改葬

土饅頭の上にうつぶせ泣いている文子の墓よ　朝鮮の春

「死の懺悔」の歌

哀愁よ静かに裹《つつ》め死すまでを戦いぬきし友の頭《こうべ》を

綾瀬川と交わり墨田の水と和し海へ流れてゆきし夢はも

古田大次郎『死刑囚の思ひ出』

太古より来たりて久遠に帰りゆく蕭条として吹きゆく風か

さくらばなみぞに溜まりてながれゆく吹雪きてやまぬわかきいのちは

テロリストの自覚あらばや湧き上がる友愛、哀しきヒューマンの歌

大正六年春、早大予科法学科に入学

襤褸《ぼろ》をまとい黒く路上にうずくまる涙零しぬ貧民窟に

意義ある生にぼくを導きくれたのは幸徳秋水はじめて読みき

犬吠埼友救くわんと溺死した三富《みとみ》朽葉《きゅうよう》　涙痕の歌

赤い屋根の文化住宅などもまたばくに無縁のそよ風が吹く

「勲章から流れいずるは人民の血！」浅沼稲次郎若きリーダー

人を殺し人を欺く軍人のように生きろというな凩《こがらし》

煙火とどろく街をぶらぶら歩いてた涙滲ませただ歩いてた

Ⅱ

腕を振り新兵のようにやってくる死んだ同期のNではないか

大正十年、早大中退

大杉栄に会ったその日はうるわしく光を浴びたような気がした

気持よく愉快にやれる仕事あれ為すべし　やって死んでゆくべし

テロルこの悲しき宿命と歌いしは啄木、されど若く逝きにき

農村運動「小作人社」を埼玉県下に起こす

永遠の切断なるか死というは今更ながら砥石洗えば

二月、中浜哲「小作人社」を来訪

長髪を肩まで垂らし薄汚いマント羽織ってつ立っていた

死を賭して社会変革を、の盟約を結ぶ

今晩がことによったら家に帰る最後となるかもしれぬ妹

ぼくなきあともいつものように楽しげに散歩してくれぼくなきあとも

Ⅲ

大正十一年中浜哲、府下戸塚源兵衛町に「ギロチン社」を起こす

正月ぐらい休め中浜、さりながら留守番をするひとり暢気に

葛藤の先にあるものテロリズム　知らず膨らむ鞄抱きつつ

和田久太郎「ズボ久」と呼ばれた

生れかつ死にゆくことの厳粛を説いているのはズボ久でないか

「分黑黨總裁中濱鐵である」名告りをあげし冬の雷鳴

元荒川に船を浮かべて遊びしことありけるをはや昔となりぬ

高尾平兵衛が殺られ有島武郎行正が首を縊《わな》きて逝きし六月

大正十二年……

爆弾調達のため朝鮮に渡り、関東大震災を知る

「帝都廃墟……?」共謀をしてぼくたちを欺いているのではないかと思う

地震は自然の、しかして革命動乱は人のなすこと拳固めよ

Ⅳ

風景は消えそれを眺めた人も消え歴史を問うに「シャボン玉消えた」

関東大震災後を金子光晴は……

めには見えない人のこころの硝子戸に零落の風吹き荒れていた

大正十四年十月十五日朝、古田大次郎二十五歳

菊抱いて死にゆくことの烈しさの　菊は断じて民衆の花

荒原に哭声は満ち啾々と刑場の露またひとつ消ゆ

四

黒パン党の歌

灰色のインバネス着て中折を目深く被り立ち去りにけり

むなうちに雨はし吹くに陋巷をふてぶてしくも闊歩してゆく

I

革命詩人中浜哲の夢をみた

深川の貧民街に降る雨の黒い滴《しずく》を切りてあらわる

薄暗い笑みを湛えて俺の眼を見透かすようにまた睨みおり

二十代の男が放つ貫禄にたじたじとなる風の穂となる

魚を運ぶ木箱にビラの一束をひょいと載せて立ち去りにけり

Ⅱ

「中濱哲」本名富岡誓、また「鐵」とも言った門司に生れた

重営倉、虐待ゆえに反軍の心情芽生え上京をする

歩兵工廠のお払箱が立っていた職に溢《あぶ》れてただ立っていた

自棄《やけ》っぱちゴールデンバッドを吹いていた神田三崎町アブレて今日も

III

中浜哲、北海道への途次……

「小作人社」蓮田の夜よ古田大次郎と結びし盟約徒事《ただごと》ならず

高崎刑務所出獄の足で流れ着く後藤謙太郎　放浪詩人

後藤謙太郎は……

肺病で死んでゆく身は民衆も組織も不要、ひとり行くのみ

然りただやりたいことを聢《しっか》りと為して死ぬのみ、よし明日発とう

大正十二年二月……

「ギロチン社」の看板ゆえか戸塚町源兵衛に吹く風なまぬるく

この先は尾行《つ》いてくるなよ俺にだって人に言えない悲しみがある

淫売、紡績、俺の女たち……

俺の女を俺の倅を……、仇敵を求めて俺は闇を歩いた隠家を移す……

千住小塚原葦原ノ中、「黒パン黨總裁中濱哲」他二名

葦原のしげみに潜む　紡績の笛が鳴いてらあ月も出てきた

大正十二年六月麴町區下六番町有島武郎邸……

軽井沢への死出の前日、行動を羨み呉しは餞別ならず

有島武郎が俺に遺した言葉はや「そうです虚無があるばかりです」

Ⅳ

大正十二年十一月中浜哲、大杉栄追悼詩を書く

女の魂を掻《か》っ攫《さら》うように男らを迷わせる眼、「杉よ！　眼の男よ！」

寂寥と悲哀を抱き暖かく慈しみをもて見つめくれしよ

はたまたや疲れて帰る者たちの穢《よご》れを濯ぐ秋のひかりよ

信念の結晶という眼もあるか「慈眼視衆生」と誰か唱えき

大正十二年十二月二十七日虎ノ門、難波大助裕仁親王狙撃

朝鮮総督府伊藤博文愛用の銃を仕込んだステッキである

無産者を目覚めさすため左旋回せり、ステッキ挑《かか》げ孤り駆けゆく

V

大正十三年三月大阪、「リャク（掠）」で逮捕される

「極東虚無黨總裁中濱哲デアル」組織ヲ嫌イ起チシ男ラ

俺は誰だ！　奪還屋《りゃくや》ゴロツキテロリストギロチン裸で踊ってる奴

黒シャツを棹に引っかけ翳せども無政府主義の風は吹かざる

真黒な傘さす君らよ別れゆく哀愁さえも踏みにじるのか

大正十四年三月死刑判決

獄窓の壁に拡がるスクリーンの蓮田の夏よ　京城の冬

十二月、獄月號「黑パン」（第一輯）刊

古田大次郎大杉栄もやって来よ無念の死者よ「黑パン」の歌

VI

牢獄で綴る弔詩の　君がため大地は黒くゆたかに馥《かお》れ

詩人とは牢獄の黒き壁に爆弾を投ずる黒き犯人である　鉄

心象を崩れて揺れる相貌の黒い微笑の漂いにけり

俺もまた人の心に浮かびくる残像として生きてゆくのか

追憶は追憶を産み育み／追憶は又新しく追憶を生む！　鉄

数日後に迫るおのれの死を笑い追憶をまた激しくをする

「友愛の信」さえあればすべからくをと歌いし中浜哲という男は

追憶は追憶を生み追憶を烈しくさせると詩《うた》いしからに

詩を多産せしは「黑パン」製造所職工「濱哲」、鐵とも言った

「革命は死の旗」なるか曇天に翻り消ゆ黒旗の見ゆ

大正十四年一月、放浪詩人後藤謙太郎縊死

鉄窓からぶら下がっている柿色の囚衣かすかに爪先がみゆ

Ⅶ

大正十四年十月、同志古田大次郎刑死

胸に滲む血は美しく絞首より銃殺刑を希むと書きし

古田大次郎行年いまだ二十六　菊花を蹴りて吊られ果てにき

大正十四年三月、中浜哲死刑判決下ル

灰色の壁のスクリーン　浮かびくる生々しくも死せる男ら

あまたなる顔があらわれ薄黒い笑みを残して消えてゆきにき

スクリーンに崩れてゆがむ相貌の黒い微笑の漂いにけり

せめて今際《いまわ》のきわに陽炎、躍ってくれ俺の前非のやってきたこと

上告はしない絞首も遠からず追憶をまた激しくをする

Ⅷ

北村透谷「雙蝶のわかれ」

明治中葉葉末《はずえ》燃やして舞い初めし蝶ありいまだ雙蝶ならず

透谷が放ちし蝶か　大正の夢の野づらを散り散り舞えり

本郷區白山上や南天堂　百年の灯よ、点し続けよ！

注　全篇、東京市の区名のみは、旧字「區」を用いた。

跋

うたで描くエポック　大正行進曲

I

大正という時代の序曲は、明治四十三年に発生した大逆事件である。六月一日、幸徳秋水逮捕を機に、大逆罪の容疑で数百人の社会主義者・無政府主義者が検挙される。

1

石川啄木は、この事件に烈しい衝撃を受け、その真相を知るべく社会主義文献を熟読。八月下旬、評論「時代閉塞の現状」を執筆。「斯くして今や我々青年は、此自滅の状態から脱出する為に、遂に其「敵」の存在を意識しなければならぬ時期に到達してゐるのである。」「実に必死である。我々は一斉に起つて先づ此時代閉塞の現状に宣戦布告しなければならない」。だが、これは「東京朝日新聞」に載ることはなかった。そして、驚駭すべきは、「創作」（一巻八号、十月一日刊）に「九月の夜の不平」三十四首を発表したことである。

何となく顔がさもしき邦人《くにびと》の首府《しゅふ》の大空を秋の風吹く

つね日頃好みて言ひし革命の語をつゝしみて秋に入れりけり
今思へばげに彼《かれ》もまた秋水《しうすゐ》の一味なりしと知るふしもあり
秋の風我等明治の青年の危機をかなしむ顔撫《な》でゝ吹く
時代閉塞《じだいへいそく》の現状を奈何《いか》にせむ秋に入りてことに斯《か》く思ふかな
地図の上朝鮮国《てうせんこく》にくろぐろと墨《すみ》をぬりつゝ秋風を聴く
明治四十三年の秋わが心ことに真面目になりて悲しも

大逆事件の検挙が始まったのは、ハレー彗星が出現した六日後の五月二十五日であった。六月一日幸徳秋水逮捕、七月四日第二回日露協約調印、八月二十二日には日韓調印の下、韓国併合はなされたのである。九月になるや、朝鮮の政治結社に解散命令、朝鮮総督府官制が発布、まさに「朝鮮国にくろぐろと墨」は塗られてゆくのである。十一月には、関東大震災下に朝鮮人虐殺に関わる帝国在郷軍人会が発足するのである。啄木のこれらの歌は、時代の危機を鮮やかに伝えて余りある。

「九月の夜の不平」が発表された「創作」主幹は若山牧水、発行は東雲堂。この時、啄木二十四歳、若山牧水二十五歳。東雲堂の西村陽吉は弱冠十八歳であった。旅と酒の歌人牧水は、同時に身の危険を顧みない優れたジャーナリストであったことを付記しておこう。

この一連を読むたびに私は、よく啄木も牧水も、「創作」版元の西村陽吉も、官憲の目をまぬがれたものだと、百年の歳月を経て胸を撫で下ろしたものである。

燐寸《マチ》擦《す》れば二尺ばかりの明るさの中を過《よ》ぎれる白き蛾《が》のあり

とまれ「九月の夜の不平」中この一首が、大逆事件発生後の時代の危機と不安をよく伝え、大逆事件結審以後の恐怖を鮮やかに象徴している。

以後、啄木は、「明星」の友平出修弁護人を通じて幸徳秋水の膨大な「陳弁書」を借り受け筆記。「日本無政府主義者陰謀事件及び附帯現象」を執筆。

翌明治四十四年一月十八日、大審院は被告二十四人に死刑判決。一月二十四日、幸徳秋水、大石誠之助、内山愚童ら十一名が、翌二十五日、管野スガが処刑された。

六月、その悲憤を石川啄木は死病の床（腹膜炎から肺結核へ移行）にあって歌い上げた。詩集ノート「呼子と口笛」がそれである。「われは知る、テロリストの／かなしき心を――／言葉とおこなひとを分かちがたき／ただひとつの心を、／奪はれたる言葉のかはりに／おこなひをもて語らんとする心を、／われとわがからだを敵に擲《な》げつくる心を――／しかして、そは真面目にして熱心なる人の常に有《も》つかなしみなり。」

終章「飛行機」をもって、「給仕づとめの少年」に、自身亡き後の未来を託すのである。

見よ、今日も、かの蒼空に
飛行機の高く飛べるを。

給仕づとめの少年が
たまに非番の日曜日、
肺病やみの母親とたつた二人の家にゐて、
ひとりせつせつとリイダアの独学をする眼の疲れ……
見よ、今日も、かの蒼空に
飛行機の高く飛べるを

（1911.6.27. TOKYO）

2

序曲はすでに語った、ならば大正を濃厚に彩る序詩は、この句であろう。

春三月縊り残され花に舞ふ　大杉栄

赤旗事件（明治四十一年六月）で検挙された大杉が、東京監獄を出獄したのは、四十三年十一月二十九日。入獄していたため、大杉は大逆事件に連座、処刑を免れたといってよい。出獄九日後の十二月八日、大杉は獄中の幸徳秋水に面会。「大杉君に申し上げる。先日来てくれて嬉しかつた。弟に会つたやうな気がした……」。幸徳は、堺利彦にしみじみと謝意を綴った。翌四十四年一月二十一日、死刑判決が下った幸徳秋水、管野スガ、大石誠之助、森近運平と大杉は、妻保子、堺利彦と共に最後の面会を果たす。

幸徳は他の被告への思い遣りを伝え、管野は「……わけても保子さんとの握手に至つて、私の堰き止めて居た涙の堰は、切れて了つた。泣き伏した保子さんと私の手は暫く放たれ得なかつた。ああ懐かしい友よ。同志よ。」と遺稿「死出の道艸」に綴った。

三日後の二十四日、幸徳ら十一名の死刑執行。翌二十五日、菅野執行。二十五日、遺体を引き取るために大杉、堺ら二十余名が市ヶ谷の東京監獄に向かう。

二月二十一日、牛込區神楽坂倶楽部での同志合同茶話会に大杉は妻保子と出席。二十七人が出席。以後、大杉は被検挙者の家族の慰問に旅立ち、二回目の茶話会で家族が「逆徒」と罵られ忍び難い虐待を受けていることを報告。

三月二十四日になって、弾圧をまぬがれた主義者各派の合同茶話会が、神楽坂倶楽部で開かれた。大杉は、幸徳秋水らが書き遺した寄せ書きに端正な字体で「春三月縊り残され花に舞ふ」の句を加筆。冬の時代を戦う決意表明としたのである。

「うたで描くエポック　大正行進曲」の開幕である。

「春三月縊り残され」リンネルの背広姿に黒い花散る

3

大杉栄が多感な幼少年時代を過ごした新潟県新発田市に住む斎藤徹夫という人から講演の依頼が舞い込んできたのは、二〇一六年の春、依頼状には、大杉栄が虐殺された「九月十六日」を期して毎年、「大杉栄メモリアル——映像と言葉で日本の近現代史をふりかえる」と題する催しを続けてきたという。

なぜに、私にと思った。第一、私には大杉栄についての論考はない。もしかしたら私の歌集を読んでいたのかもしれない。二〇〇二年に書き下ろした『デカダン村山槐多』（鳥影社）がそれだ。

序歌に私は、大逆事件以後の、「冬の時代」への決意を吟じた大杉栄畢生の一句「春三月縊り残され花に舞ふ」を引き、第一次世界大戦、ロシア革命、米騒動、関東大震災が勃発し、大正デモクラシー、モダニズムに象徴される大正という時代を、夭折の画家たちと一群のアナーキストたちを歌うことによって活写しようとした。そして、こう結論づけたのであった。彼らの行為、創造への烈しい意志を支えたものこそデカダンスの心情、絶望的陶酔感であった、と。

本郷菊坂ホテルを出《い》でしパラソルの神近市子を黒い影追う
肺肝を披けばファシズム撞頭の爆発しそうな蜂の巣である
無産の民の蹶起！　歌いて過ぎゆくは難波大助でないかステッキ
躍る人伏して泣く人孕む人　市場あふれて朝鮮は冬
サーベルを引き摺り歩くかいらいは甘粕大尉でないか御苦労
「白秋！」と呼ばれ振向く詰襟の　北一輝に似たるそ人
鳥打帽子のおとこ尾行し名を問わば和田久太郎あわれギロチン
深川の印刷工と擦れ違うかわもに浮かぶ肺病の花
女らのいとけなきかな奔放に生きしは井戸に投げ棄てられき
そうだとも世界はあまくなやましく痺れるほどの快楽《けらく》に溢れ

二〇〇二年秋、私は軽井沢の茅舎「茫漠山」に籠もり、『デカダン村山槐多』一巻を書き下ろした。一週間が過ぎて二百数十首を纏め終えた途端、体の節々が痛み出し、歯に激痛が走った。初めて体験した創造の痛苦、短歌行であった。

昂然と顔つき上げて立っていた赤旗風に震えいる午後

講演の準備にとりかかった夏、ぱる出版から完結したばかりの『大杉栄全集』（全十二巻＋別巻）が送られてきた。「大杉栄の会」から講演料代わりにと贈られてきたものだ。斎藤徹夫、なんとも粋な計らいをする男ではないか。

4

同時にいま一つ、大正という この時代と向き合う企画が準備されていた。「現代短歌」三十首連載「うたで描くエポック　大正行進曲」がそれである。

連載の発端は、同誌二〇一六年五月号に発表した「田中恭吉伝　一」十五首であった。歌稿を送った直後、真野編集長から連絡が入った。「田中恭吉伝　一」とあるなら、「二」があって然るべきではないか。

話は膨らみ、あの時代「大正」をテーマに歌を書き連ねることとなったのである。

タイトルは……？

何度か遣り取りがあり、「大正行進曲」と私が言った。

大きながたいがゆったりと酒杯を置き、静かに笑った。

「うたで描くエポック」を付けましょう。

サブタイトルを頭にした美事な命名である。こうして、連載のゴングは打ち鳴らされたのである。


黒いマントに包んだ骨を先頭に無雲の天のその下をゆく

田中恭吉は、夭折した版画家。村山槐多、関根正二と共に心曳かれてきた大正期の夭折画人だ。明治、大正とは有為の若者たちが、肺病でばたばた死んでいった時代である。この三十数年を私は、彼らの画業に親しみ彼らの大正を歌い、ステージで叫び続けて来もした。歌集『デカダン村山槐多』一巻を書き下ろした話はすでにした。

しかしより身近に大正を体感するに至ったのは、被災直後の陸前浜街道を走り被災地を見舞ってからのことである。

水浸しの瓦礫の山から、幼年時代の焼跡の風景が広がっていったのである。焼跡の記憶は、中学生の父が死に損ない（浅草「凌雲閣」登楼……）、浅草花川戸での生家で被災した六歳の母が炎に追われ迷子になった「関東大震災」を呼び起こし、在郷軍人、自警団らによる朝鮮人虐殺という暗い記憶を炙り出し、さらには父が生まれた明治四十三年の「大逆事件」に遡り、その真相に迫った石川啄木に至るのである。

戦争の傷跡生々しい幼少年期、私の廻りにいた叔父も叔母も、近隣の大人たち小学校の教師の多くは大正生まれの人々であった。彼ら大人同士の話を聞きながら育った私には、関東大震災も東京大空襲も同じ地平のすぐ側にあったのだ。

5

三十首連載は、連載半ばの二〇一八年秋、現代短歌社から第三十一歌集『うたで描くエポック　大正行進曲』として刊行された。

「大正時代を生きた人々に抉るような傷を与えた大逆事件。時代が再びきな臭さを増す今日、福島泰樹の眼の前に、死者がよみがえり、踊りながら歩き出した。ひらめくナイフの光のように危険な第三十一歌集。」

帯文が、内容をくまなく照射し、要諦を鮮やかに炙り出しているのだ。再び私は、「美事！」と叫んだ。以下、何首かを引き、歌集大略を語ろう。

おのがじし狂い酔いつつ雪に舞う大正元年暮の二十九
夕顔のしずかに開きいるようなユメミルヨウな顔をしていた
辻潤をダダイストにしたものは吹きゆく風よ　女にあらず
一行のボードレールに然ざれば田端崖下夕日あかあか
蜂の巣の肺を抱いて浅草のデンキブランや泡盛の花
逃れゆくアジトあらねば脱ぎ捨てしルパーシカ「蒼ざめた馬」走り来よ
拳闘倶楽部の窓の向こうを着流しの　村木源次郎でないか風吹け
偏奇館主人あらわれ消えてゆくこうもり傘を突く影残る
小夜曲《セレナード》夢二歌えば大川の　一銭蒸気煙《けむ》あげてゆく
一人は虐殺、一人は刑死そしてまた一人は首を縊《わな》きて死せり

大逆事件への悲憤を涙ながらに綴った徳冨蘆花。大逆事件はまた永井荷風に戯作者への道を辿らせることになる。美貌の人妻との逃避行に耽る北原白秋。伊藤野枝との恋愛事件で英語教師の職を失っ

たニヒリスト辻潤の浅草。浅草に沈淪してゆく谷崎潤一郎、浅草から脱した十七歳の佐多稲子。佐藤春夫、芥川龍之介、萩原朔太郎の放心。そして関東大震災……。軍部によって虐殺された大杉栄、伊藤野枝、橘宗一。その復讐を誓った中浜哲、古田大次郎、村木源次郎、和田久太郎ら一連のアナーキストたちを待ち受ける命運。圧政の中、自己解放を求めてやまない添田啞蟬坊、金子光晴、林芙美子、平林たい子など、文人、画人、芸人、アナーキスト、女工、淫売、先駆的庶民たちが時代の坩堝を駆け巡る。

II

福岡市香椎に茅嶋洋一を見舞い、同行してくれた原田伸雄と博多天神の屋台で旧交を温めた。二人ともに北原白秋の母校、柳川は伝習館を卒業後早稲田で戦い、紆余曲折を経て河合塾で講師を続けた男たちだ。この二十数年、夏になるとミュージシャンを引き連れ私は、河合塾小倉校、博多校へ向かった。教室での「短歌絶叫コンサート」開催のためである。

原田は、「舞踏青龍會」を主宰。博多、東京で私たちは幾度となく「絶叫＋舞踏」のジョイントコンサートを続けてきた。この夜、私は彼の口から、私の第一歌集『バリケード・一九六六年二月』を手にした昂奮を聞かされた。刊行は、一九六九年十月。七〇年反安保総決起の秋で、バリ・スト中の大学から、ヘルメット角材で武装した学生たちが街頭へ繰り出し、火炎瓶が無気味な音を立てて炸裂していた。原田もまた、一兵卒の一人であった。あれから、五十年……。

「根源的敗北を敗北し続けよ！」あわれメットに書き殴りけり

「屋根裏　貘」なるバーで原田と別れ、五十年という歳月を想った。思い起こせば一瞬、そして一瞬のうちに生々しく生起するさまざまな現象世界。過去になりきれず悲鳴をあげ続ける事象たち……。ならば、歌集刊行時（一九六九年）から数えて、その五十年前は……、一九一九、すなわち大正八年である。「第一次世界大戦」終結後の「パリ講和会議」に、西園寺公望らが出席。朝鮮では「三・一運動（万歳事件）」勃発。有島武郎は『或る女』を、佐藤春夫は『田園の憂鬱』を刊行。二月に、画人村山槐多が、四月には関根正二が逝った。槐多二十二歳、正二は二十歳の若さであった。その前年には、「シベリア出兵」を受け、「米騒動」が勃発。米価の暴騰、生活苦に喘ぐ民衆が米屋、富豪、警察などを襲撃。富山県魚津市の漁民婦女たちの決起を皮切りに、米騒動は全国に波及、未曾有の大民衆暴動に発展、軍隊が鎮圧に出動した。一九六九年から数えて五十年前、私の父は九歳、母は二歳であった。

父の記憶、母の記憶にさかのぼり、「大正」という時代を現在形で書くに至った経緯、及び「現代短歌」三年三ヶ月に及ぶ三十首連載「うたで描くエポック　大正行進曲」開始に至る経緯は、すでに述べたので繰り返さない。

1

翌朝、博多から鹿児島本線に飛び乗り、門司港へと向かった。行く先は、九州最北端の漁村、旧福岡県企救郡東郷村字柄杓田、いまの北九州市門司区柄杓田《ひしゃくだ》。テロリストへ自身を追い遣っていった詩人中浜哲（中濱哲）の出身地である。

「極東虚無黨總裁中濱鐵デアル」組織ヲ嫌イ起チシ男ラ

中浜哲、本名富岡誓。「鐵（鉄）」とも言った。明治三十（一八九七）年一月、周防灘に面した門司の漁村柄杓田に、十人姉兄弟妹の五男に生まれる。家は村内屈指の素封家で郵便局を経営、門司私立豊国中学を中退。三年間の兵役中、重営倉入りなど理不尽な経験で社会の不平等を体験、反国家への心情を醸成、社会主義運動に加わってゆくようになる。

大正十一年二月、埼玉県蓮田の「小作人社」に古田大次郎を訪ね意気投合。四月、高崎監獄を下獄した後藤謙太郎と三人、死を賭して変革に向かう同盟を結ぶ。古田は、東京麹町に生まれアナキズムに親近感を覚え、早大を中退。農村運動「小作人社」を起こす。この時、二十二歳。後藤は、熊本出身。年少時に父と死別、各地を放浪、炭鉱に従事。放浪のさなか詩、短歌を書き監獄を転々とする。古田、中浜と社会変革のため死を賭した盟約を結んだ大正十一年四月、後藤二十七歳。中浜は、二十五歳であった。

英国皇太子プリンス・オブ・ウエルス狙撃ならねば五指燃え失せよ

中浜は、折から来日中の英国皇太子を、村木源次郎から借り受けた拳銃を携え御殿場、京都南禅寺と付け狙うが不首尾に終わる。以後東京、大阪の寄場人足を集めて「自由労働者同盟」を結成。翌大正十二年春、府下戸塚（新宿区西早稲田）に「ギロチン社」を結成、「掠奪《りゃく》」を開始。「極東虚無黨總裁中濱鐵」の名刺を差し出し資本家、侯爵邸などを渡り歩いた。

2

大正十二年九月一日、午前十一時五十八分、関東地方に大地震（マグニチュード七・九）が襲来。各所で火災発生、死者行方不明者は十数万人、焼失家屋は四十五万戸に達した。翌二日には東京市、および隣接する五群に戒厳令が布かれ、三日には東京府全域と埼玉県千葉県に布告。関東戒厳司令部が設置され、全国から五万人の兵士が動員された。

火災は三日まで四十時間にわたり燃え続け、東京は廃墟と化したのである。植民地下の民族運動、昂揚しつつある労働運動に対する支配層の恐怖は、民衆の不安とあいまって流言蜚語を呼び、警視庁は各地の在郷軍人会、青年団を中心に「自警団」を組織させ、朝鮮人の「確認」、「検束」にあたらせた。結果、六千人以上の朝鮮人と七百人もの中国人が、軍隊・警察、多く民衆市民によって虐殺された。

朝鮮人ばかりではなく、労働運動家、社会主義者なども、警視庁は「保護検束」の対象とした。亀戸警察署は、朝鮮人他数百人を検束、留置。三日夜から、四日朝にかけて労働運動家平沢計七、南葛労働組合長川合義虎ら十人を殺害した。応援の任にあたっていた近衛師団習志野騎兵一三連隊の兵士が殺害に加わった。

刺殺せしも刺殺されしもうら若き中庭に濃き影縺れ合う

明治四十四年一月、留置されていたため大逆事件処刑をまぬがれた大杉栄であったが、戒厳令下の九月十六日、憲兵隊甘粕正彦大尉らによって連れ去られ、東京憲兵隊本部内において暴行の末、妻の伊藤野枝と六歳になる甥の橘宗一共々、扼殺され、本部内の古井戸に投げ棄てられた。女性解放運動に生きた伊藤野枝は、いまだ二十八歳であった。

女らのいとけなきかな奔放に生きしは井戸に投げ棄てられき

中浜哲は、「労働運動」大杉栄・伊藤野枝追悼号（大正十三年二月刊）に、詩作品「杉よ！　眼の男よ！」を書く。この詩が、詩人中浜の名を世に知らしめることとなる。「『杉よ！／眼の男よ！』と／俺は今、骸骨の前に立つて呼びかける。」

ニヤリ、ニタリ、ニヤリと、
白眼が睨む。
……
……
惹き付けて離さぬ

彼の眼の底の力。
慈愛の眼、情熱の眼、
沈毅の眼。果断の眼、
全てが闘争の大器に盛られた
信念の眼。
……
……
『杉よ！
眼の男！
更正の霊よ！』
大地は黒く汝のために香る。

十月、運動資金調達のため「ギロチン社」古田大次郎ら大阪小阪の銀行員を襲い、誤って殺害。中浜は、潜伏中の古田、「労働運動社」の村木源次郎、和田久太郎らと大杉虐殺の復讐を計画、ピストルや爆弾を獲得するために朝鮮に赴き、義烈団と接触。
入手資金調達のため大阪に戻った中浜は、大正十三年三月、リャクを行い逮捕される。以後、牢獄にあって運動の衰勢をまのあたりにしてゆく。

関東大震災一周年の九月一日、和田久太郎、本郷区菊坂町で、虐殺命令の張本人（元・関東戒厳司令官）陸軍大将福田雅太郎狙撃に失敗、逮捕。同十日、古田大次郎、村木源次郎と共に府下荏原蛇窪の爆弾製造のアジトで逮捕。大正十四年一月二十日、後藤謙太郎獄舎で縊死、同二十三日、瀕死の村木源次郎、仮出獄と同時に死去。九月十日、古田大次郎に死刑判決。控訴せず、十五日朝絞首、二十五歳であった。翌十五年六月、古田が獄中で書き遺したノート「感想録」三十二冊は、『死の懺悔』と改題、春秋社より刊行される。死刑に臨むその純心は、人々の感動を呼びベストセラーとなる。

一方、獄舎にあって一人中浜哲は、追憶を激しくしてゆく。

灰色の壁のスクリーン　浮かびくる生々しくも死せる男ら
あまたなる顔があらわれ薄黒い笑みを残して消えてゆきにき
スクリーンに崩れてゆがむ相貌の黒い微笑の漂いにけり
追憶は追憶を生み追憶を烈しくさせると詩《うた》いしからに

俺もまた人の心に浮かびくる残像として生きてゆくのか

中浜哲の同志古田の死に寄せる悲しみは、深い。「春の宵だつた。／蓮田の『小作人社』の奥の間だつた／『後藤』は高崎の監獄から出て來たばかりだつた／『鐵』は北海道へ漂泊れて行く途中だつた／『大さん』は其の社の留守番だつた……」

静かな秋の黄昏だつた
鵠沼の東屋の新館の離室だつた
『杉』は林檎をパクツイて居た
『源ニイ』は餅菓子を頬張つて居た
『鐵』は黑ビールを呷つて居た
『大さん』は梨を嚙つて居た

『杉』は、大杉栄、『源ニイ』は、村木源次郎、『鐵』は自身中浜哲、『浜鐵』とも称した。『大さん』は、古田大次郎。この一節がたまらなく好きだ。「髯の凍る冬の晨だつた／京城の裏長屋を借りて住んで居た」「『久さん』は漢江へスケートと魚釣を見に出掛けた／『鐵』は朝鮮芝居の樂屋へ潜り込んで行った／『大さん』は辨當を携へて圖書館へ通つた」「オンドルは無かつたが／アンカは有つた／二人は其の日の収穫を語り合つた／朝鮮の夜は重苦しかつた」「追憶は追憶を産み育み／追憶は又新しく追憶を生む！」のである。大杉虐殺、村木病没（実質獄死）、後藤獄死、古田刑死。大正十五年四月十五日午前十時、彼らの後を追い中浜哲は絞首台を蹴った。まだ二十九歳だった。

3

「革命は死の旗」なるか曇天に翻り消ゆ黒旗の見ゆ

門司港からタクシーに乗り、企救半島の山間の道（国道25線）を大分方面に向かう。トンネルを抜け「柄杓田《ひしゃくだ》」を左折。漁港に向かうなだらかな坂道を下り、バス停でタクシーを降りる。眩い秋の光の中に、ギロチン社首魁中浜哲こと、富岡誓の故郷柄杓田はあった。漁港に面した真新しい郵便局に向かって歩き出したとき、声がした。振向くと黒い傘をさした老婆が近づいて来る（海辺の日射はつよい）。どこから来たかと不審な表情……。

聞けば老婆は、昭和四年の生まれ、柄杓田で生まれ柄杓田に嫁いだ。空襲に曝された戦時、漁に出られず食料に不自由、結核できょうだいが相次いで死んでいった話など、悲しい表情をうかべながら話し終えた。すかさず私は核心に迫った。老婆は、一瞬沈黙。「私が話したと、人に言わないでくれ」と念を押し、子供ごころに聴いた伝聞を話してくれた。

中浜哲が処刑された大正十四年四月から、九十四年の歳月が経過していた。老婆が指差す方向、周防灘を見おろす漁村の中心地に中浜の生家（旧郵便局）はあった。

俺は誰だ！　奪還屋《りゃくや》だゴロツキテロリストギロチン裸で踊ってる奴

ならば福島よ、お前は誰だ！　黒い傘をさした老婆の姿はすでにない。森閑とした真昼、山に囲まれた海辺の街衢に足を踏み入れながら自問する。なぜに、恐喝、教唆、扇動の罪のみで、控訴を拒否し処刑された男の後を追い、その出生の地までやって来たのだ。長生きをしてしまった男の、せめてものお勤めさ、と何処からか自嘲の声がする。

私の「大正」の出発は一九七六年、中原中也であった。次いで宮沢賢治、萩原朔太郎。村山槐多……。中也には歌集『中也断唱』を、賢治には『賢治幻想』を、朔太郎には『朔太郎、感傷』を、槐多には『デカダン村山槐多』を献じた。同時代の人々では一九八五年、寺山修司一周忌の霊前に献じた『望郷』を皮切りに、たこ八郎、磯田光一、美空ひばり、木村三山、中上健次、高橋和巳、小笠原賢二、塚本邦雄、岸上大作、諏訪優、黒田和美に歌集一巻を献じてきた。

「自在な人称の変換」と「調べの喩法」をもってストリーを展開してゆく方法の数々は、私が創出したものといってよい。加えるに、連載三年三ヶ月にわたる『うたで描くエポック　大正行進曲』の船出である。この間、浅草生まれの虚無主義者辻潤に心が引かれ幾多の歌を書き殴った。自由への脱出を試みた金子光晴。佐多稲子、平林たい子ら不敵な女たち。長谷川利行、田中恭吉、関根正二ら画人たちにこころが揺れた。破天荒なこの試みを理解し、連載を押し進めた「現代短歌」編集人の剛胆が嬉しかった。

門司港に引き返し、瀟洒な旗亭で三年数ヶ月に及ぶ旅装を解き、若い命を散らした男たちに盃を献じた。

霧の彼方へ渦巻きやがて消えてゆく紅《くれない》さむきトルコ帽はや

本論は、「現代短歌」二〇一九年十月号、十一月号に掲載された評論「追想　大正行進曲」一、二に、若干の校訂を加えたものである。

あとがき

1

そう、母も叔父も叔母も小学校の先生も、近所の小父さん小母さんも皆、大正生まれだった。焼跡に建ち列ぶバラック、卓袱台を囲んだ貧しい夕餉。

若い父、母の顔が見える。昭和二十四年春、私は台東区立坂本小学校に入学した。東京大空襲から四年、関東大震災から二十五年と六ヶ月の時が経過している。校舎は大正十四年竣工の、国が威信をかけた鉄筋コンクリートの堅牢優美な「復興小学校」である。以後校舎は、東京大空襲避難民の命を救い、罹災者二千人を居住させもした。

大正四年生まれの継母は、関東大震災や空襲の体験を幼い私によく話してくれた。関東大震災で被災した人々の多くは、苦労して建てた家を、二十一年六ヶ月後に、今度は東京大空襲で喪うのである。大人たちの話を体に沁みこませながら、過ごしてきた幼少年期であった。

関東大震災が、身近な体験として、私の中で成長していったのはそのためである。そうでなかったら、空疎な歌しか書けはしなかったであろう。

2

磯田光一が中原中也「短歌〈変奏〉の試み」と命名してくれた「中也断唱」を書き始めたのは、一九七六年六月。以後、大正という時代を背景に宮沢賢治（歌集『賢治幻想』）、萩原朔太郎（歌集『朔太郎、感傷』）と書き進み、村山槐多で一気に火がついたのである。画人、文人、無政府主義者、モデル女、軍人、浮浪人、尖鋭的庶民が闊歩してゆく『デカダン村山槐多』（二〇〇二年刊）がそれである。「自在な人称の変換」、さらには「調べの喩法」をもって、私は嬉々として書き進んでいった。かくして十数年、「現代短歌」誌上での三十首連載「うたで描くエポック　大正行進曲」がスタートを切ったのである。

私の短歌デビューは、一九六九年秋刊行の歌集『バリケード・一九六六年二月』であった。標題に年月を標すことを以て決意表明とし、スタートを切ったのである。さらに時代への想い立ち去り難く、第二歌集を『エチカ・一九六九年以降』と命名、跋に「歌は志であり、道であろう。更に私はエチカという一語を付け加える」と書き記した。以来、俺の歌は時代と共にあるという思いは、いまも変わることはない。そして処女歌集刊行以来五十有余年の歳月を経て、茲に「年」「月」に加え「日」を標した歌集『大正十二年九月一日』を刊行する。つまり私は、本歌集をもって振り出しに戻ったのである。これからも歌への志を、枉げずに生きてゆけという自戒をこめてである。

3

毎月十日、吉祥寺「曼荼羅」での月例「短歌絶叫コンサート」も三十九年目の秋を迎えた。永畑雅人（ピアノ）との初演は、一九八五年四月、安永蕗子が熊本県民ホールでプロデュースした寺山修司三回忌追悼コンサート「望郷」であった。以来、千数百のステージを作曲と演奏両面で支え続けてくれた。

永畑雅人作曲による大正群像をテーマにした絶叫台本、村山槐多「走れ、小僧」、大逆事件以後の大正の闇を、画人、文人、芸人、無政府主義者たちが慌ただしく往き来する「飛行機」、中浜哲の詩を標題とした絶望と祈りの交叉する「杉よ！眼の男よ！」、そして肺を病み美しい憂悶に生きた夭折画人田中恭吉「月映（つくはえ）」を、関東大震災百年に向けて繰り返し絶叫してきた一年であった。

死者は死んではいない。「死者との共闘」がスローガンとなってすでに日は久しい。六〇年安保闘争の死者樺美智子も、学生歌人岸上大作も、大正という時代を烈しく生き、虐殺、刑死、牢獄死など非業の死を遂げた大杉栄も、古田大次郎も、中浜哲も、村木源次郎も、和田久太郎も彼らは皆、自らが残した言葉の中に蘇生し、生々しい言葉を、「絶叫」という媒体を通して、私たち生者に投げかけてくるのだ、それが「短歌絶叫」であり、「死者との共闘」である。

経産省前を道場と定めた、日本祈祷團「死者が裁く」の、反原発月例祈祷法会《ほうえ》もこの八月二十七日、八年目を迎えた。医療過誤で妻を喪した歴史学者上原専禄は言った。妻の死以前は観念的問題でしかなかった「虐殺の犠牲者たち」がいきいきと立ち現れてくる、と。老歴史学者は、生者たる私たちが「死者のメディア」になって、虐殺者たちを裁き続けよ（「朝日新聞」一九七〇年三月二十四日）と「真の回向」を説き、こう書き記した。

「……日本人が東京で虐殺した朝鮮人、南京で虐殺した中国人、またアメリカ人が東京大空襲で、広島・長崎の原爆で虐殺した日本人」「そのような死者たちとの、幾層にもいりくんだ構造における共闘なしには、執拗で頑固なこの世の政治悪・社会悪の超克は多分不可能であるだろう。」

祈祷回向行の何たるかを鮮やかに言い得ている。そう短歌とて同じ、「死者のメディア」として私は歌を書き続け、歌を叫び続けてきたのである。

4

昨秋、兄泰彦としみじみと酒を酌み交わした。兄は、父から新調の背広に新品のランドセルを背負おわされ、母道江の病室を見舞った時の話をしてくれた。死を前に涕涙する母……！。
兄は、ほどなく入院、コロナ蔓延で面会は出来ず歳晩、八十五歳の誕生日には電話で祝意を述べた。そして一月、やっと兄貴に会えた。江東の淋しい病院、質素な病室。滴る涙は熱く、悲しみは豊かだった。振向くと焼跡に、少年の兄が立っていた。もう私を「ヤスキ！」と呼び捨てにする人は誰もいなくなってしまった。

翌二月、黒岩康が逝った。五十年来の友人で、小笠原賢二、菱川善夫、松平修文を送った日にも彼がいた。亀戸事件の地に永住、私を、あの時代の愛称「ヤスキサン」と呼んだ。こころ優しき反骨の士であった。そしてまた三月には、深夜叢書の斎藤愼爾が逝った。八十三歳だった。七〇年代の新宿が思い出される。御苑前「エイジ」、三丁目「詩歌句」。二十三年の時を経て、俳句再開（「早稲田文学」連載）を押し進めたのは私であった。さらば、本に埋もれて死んだ男よ。

友の死とは、おのれの死である。友の記憶の中の、私が姿を消すことにほかならない。私の文学的出自を知る人たちであった。

5

歳晩刊行の歌集『百四十字、老いらくの歌』の跋文を書いたのは、昨年の九月三十日。以後の一年を少しく書き記すなら……。

毎月、不忍池畔での「月光歌会」は、三十六年四百三十七回を数えるに至った。中田實、渡邊浩史両兄の尽力を謝す。主宰誌「月光」(隔月刊)も、竹下洋一のもと、大和志保、晴山生菜、綿田友恵の編集委員に加え、事務局の渡邊浩史、皓星社の楠本夏菜ら諸兄諸姉の奮闘により、「中井英夫生誕100年」(75号)、「追悼・佐久間章孔」(76号)、「重信房子歌集『暁の星』」(77号)、下村光夫遺歌集『海山』(78号)、「福島泰樹歌集『百四十字、老いらくの歌』」(79号)の特集号を組むことを得た。そして八月刊行の80号では、『関東大震災』特集号を刊行することができた。毎号を岡部隆志氏の評論執筆に負うところが大きい。

NHK文化センター青山教室では、「福島泰樹の朗読世界」を改め、昨秋十月から「福島泰樹の文学世界」を開講。第一回「東洋のバザール浅草」(全十二回)に引続き、四月からは「人間のバザール浅草」を開講。

「浅草は人間の欲望が、裸のまゝ躍っている。浅草は、〈東京の心臓〉〈人間の市場〉である、と稀代の演歌師添田唖蟬坊は言った。観音霊場として栄えた浅草、庶民大衆の歓楽のメッカ浅草は、文人・画人・アナーキスト達が歓を求めて集まった場所……、人間のラビリンス、浅草に迷い込め!」とレジュメの文字が躍る。テキストは、川端康成「浅草紅団」。関東大震災後の浅草に力点を置いた。本歌集『大正十二年九月一日』制作と時を同じくして進行、関東大震災発生100年の九月、大団円を迎えた。

早稲田大学オープンカレッジ中野校、八丁堀校が共におもしろくなってきた。坂本小学校裏にあった日東拳が創設九十年の幕を下ろし、西日暮里SRSボクシングジムに通い始めてはや四年、老いぼれの、汗を流し続けている。毎朝、ツイッター管理人の来栖微笑氏にツイート文を送ることを覚えてから、三年の時が流れた。

八月十日に引続き、九月十日「関東大震災百年記念　短歌絶叫コンサート　大正十二年九月一日」を開催した。昼、夜ともに盛況で、実にたくさんの人々が来てくれた。映画監督の足立正生、瀬々敬久氏、「ひろしま通信」を連日発信し続ける竹内良男氏、エッセイストの平松洋子氏。旧き友人の木村知義、小松美彦、岡部隆志、福井紳一、久間木聡、小宮壱雄、そして間村俊一の各氏。歌人では、藤原龍一郎、加藤英彦、江田浩司、笹公人、鈴木英子、春日いづみ、重信房子の各氏。本歌集の兄弟編『うたで描くエポック　大正行進曲』を刊行してくれた現代短歌社・真野少氏が、京都から駆け付けてくれた。今月もまた池田柊月氏が、「献花」をもって大震災の死者たちを慰霊してくれた。

本歌集を閉じるにあたり、皓星社社長晴山生菜氏、ならびに前社長藤巻修一氏に御礼を申し上げる。

二〇一六年刊行の歌集『哀悼』以来、『下谷風煙録』『天河庭園の夜』『百四十字、老いらくの歌』と五冊目の歌集を御世話いただいた。間村俊一氏の装訂が老いた目に眩い。

再び、中浜哲が牢獄で書き遺した詩を引こう。

「追憶は追憶を産み育み／追憶は又新しく追憶を生む！」（「黑パン黨實記」）。私もまた時代と人への追憶を更に激しくしてゆこう。死者との共闘、そう死者は死んではいない。今日、龍口法難会！

二〇二三年九月十二日

福島泰樹

福島泰樹　歌集一覧

歌集

『バリケード・一九六六年二月』	一九六九年十月	新星書房
『エチカ・一九六九年以降』	一九七二年十月	構造社
『晩秋挽歌』	一九七四年十一月	茱萸叢書　草風社
『転調哀傷歌』	一九七六年四月	国文社
『風に献ず』	一九七六年七月	国文社
『退嬰的恋歌に寄せて』	一九七八年三月	沖積舎
『夕暮』	一九八一年九月	砂子屋書房
『中也断唱』	一九八三年十二月	思潮社
『望郷』	一九八四年六月	思潮社
『月光』	一九八四年十一月	雁書館
『妖精伝』	一九八六年七月	砂子屋書房
『続　中也断唱［坊や］』	一九八六年十月	思潮社
『柘榴盃の歌』	一九八八年十一月	思潮社
『蒼天　美空ひばり』	一九八九年十月	デンバー・プランニング
『無頼の墓』	一九八九年十一月	筑摩書房
『さらばわが友』	一九九〇年十二月	思潮社
『愛しき山河よ』	一九九四年三月	山と渓谷社
『黒時雨の歌』	一九九五年二月	洋々社
『賢治幻想』	一九九六年十一月	洋々社
『茫漠山日誌』	一九九九年六月	洋々社
『朔太郎、感傷』	二〇〇〇年六月	河出書房新社
『デカダン村山槐多』	二〇〇二年十一月	鳥影社
『月光忘語録』	二〇〇四年十二月	砂子屋書房
『青天』	二〇〇五年十一月	思潮社

『無聊庵日誌』　二〇〇八年十一月　角川書店
『血と雨の歌』　二〇一一年十二月　思潮社
『焼跡ノ歌』　二〇一三年十一月　砂子屋書房
『空襲ノ歌』　二〇一五年十二月　砂子屋書房
『哀悼』　二〇一六年十月　皓星社
『下谷風煙録』　二〇一七年十月　皓星社
『うたで描くエポック　大正行進曲』　二〇一八年十一月　現代短歌社
『亡友』　二〇一九年十月　角川書店
『天河庭園の夜』　二〇二一年六月　皓星社
『百四十字、老いらくの歌』　二〇二二年十一月　皓星社
『大正十二年九月一日』　二〇二三年十月　皓星社

全歌集

『遥かなる朋へ』　一九七九年五月　沖積舎
『福島泰樹全歌集』　一九九九年六月　河出書房新社

選歌集

現代歌人文庫『福島泰樹歌集』　一九八〇年六月　国文社
現代歌人文庫『続　福島泰樹歌集』　二〇〇〇年十月　国文社

定本・完本歌集

『定本バリケード・一九六六年二月』　一九七八年十二月　草風社
『完本　中也断唱』　二〇一〇年二月　思潮社

アンソロジー

『絶叫、福島泰樹總集篇』　一九九一年二月　阿部出版

福島泰樹（ふくしま・やすき）

1943年3月、東京市下谷區に最後の東京市民として生まれる。早稲田大学文学部卒。1969年秋、歌集『バリケード・一九六六年二月』でデビュー、「短歌絶叫コンサート」を創出、朗読ブームの火付け役を果たす。以後、世界の各地で朗読。全国1700ステージをこなす。単行歌集35冊の他、『福島泰樹歌集』（国文社）、『福島泰樹全歌集』（河出書房新社）、『定本　中也断唱』（思潮社）、評論集『追憶の風景』（晶文社）、『自伝風　私の短歌のつくり方』（言視舎）、ＤＶＤ『福島泰樹短歌絶叫コンサート総集編 / 遙かなる友へ』（クエスト）、CD『短歌絶叫　遙かなる朋へ』（人間社）など著作多数。毎月10日、東京吉祥寺「曼荼羅」での月例短歌絶叫コンサートも39年を迎えた。

歌集　大正十二年九月一日

2023年10月30日　初版第1刷発行

著　者　福島泰樹

発行所　株式会社 皓星社
発行者　晴山生菜

組　版　藤巻亮一

〒101-0051　東京都千代田区神田神保町3-10
宝栄ビル6階
電話：03-6272-9330　FAX：03-6272-9921
URL http://www.libro-koseisha.co.jp/
E-mail：book-order@libro-koseisha.co.jp

印刷・製本　中央精版印刷株式会社

ISBN978-4-7744-0800-2